Petit Ours Brun
fait pipi au lit

Marie Aubinais • Danièle Bour

bayard jeunesse

Petit Ours Brun
est bien dans son lit.
Il rêve qu'il trouve
un petit coin
pour faire pipi.

Alors il en profite,
il se laisse aller doucement.
Mais tout à coup,
il se réveille brusquement.

Petit Ours Brun a froid,
il est tout mouillé,
il ne sait plus trop où il est ;
il se met à pleurer.

Maman Ours arrive,
elle est un peu endormie.
Elle lui dit : – Allez viens,
on va refaire ton lit...

Papa Ours se lève aussi,
et il emmène Petit Ours
prendre une douche.
C'est chaud, ça lave tout.

Petit Ours Brun
peut se recoucher maintenant.
Tout est tout propre et sec,
comme avant.

Papa Ours
lui fait un gros bisou,
un grand sourire.
Petit Ours Brun
sent qu'il va bien dormir.

Découvre d'autres aventures de Petit Ours Brun :

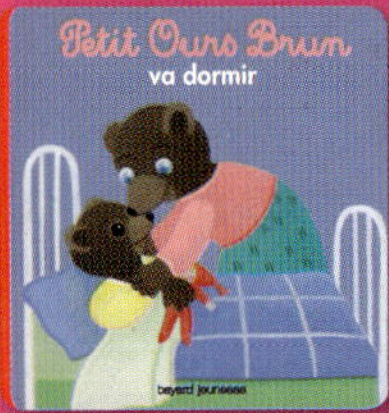